Dietmar Grissemann

Darüber lacht Steiermark

Witze, Anekdoten, Kurioses

UEBERREUTER

ISBN 3-8000-7196-7
ISBN 978-3-8000-7196-8

Covergestaltung: Christian Thomas / Concept 8

Druck: Druckerei Theiss GmbH, A-9431 St. Stefan i. L.
1 3 5 7 6 4 2

Ueberreuter im Internet: www.ueberreuter.at

Inhalt

Vorwort

Die Steirer sind ein ernsthaftes Volk. So mag es dem Außenstehenden erscheinen. Wie jeder erste Eindruck täuscht natürlich auch dieser. Von der Obersteiermark bis an die Grenzen im Süden findet sich in den Herzen der Steirer ein warmer, herzlicher Zug, der dem Land Fröhlichkeit verleiht und nicht selten dazu führt, über sich selbst zu lachen. Das Buch sollte dazu beitragen, diese besonderen Eigenarten auch für andere verständlich zu machen.

Ich habe versucht, nicht eine Witzesammlung der üblichen Art zusammenzutragen, sondern einerseits das aufzuschreiben, was die Menschen in der Steiermark zum Lachen bringt, und andererseits die zahlreichen Geschichten über Steirer und Steirerinnen zu finden, die uns alle an unsere kleinen Schwächen, Eigenheiten und Besonderheiten erinnern. Der Humor in der Steiermark kann durchaus auch selbstkritisch sein und verhilft zu einem besseren Verständnis von Land und Leuten. Also habe ich mich aufgemacht und an Wirtshaustischen, in den Schulen, in der Landesbibliothek und der steirischen Literatur geforscht, Geschichte und Geschichten zusammengetragen um hier eine Auswahl der schönsten und treffendsten Ergebnisse zu bieten – für Einheimische ebenso wie den Leser, der sich mit der wunderschönen und manchmal wunderlichen Steiermark befasst.

Kleine Anekdoten aus der steirischen Geschichte, regionales aus der Bergwelt genauso wie aus der steirischen Weinebene, Besonderheiten aus der Politik und »Sager« von Stöpseln aus der Schule sind natürlich vertreten, neben einer Reihe von Mundartlichem, das seinen Reiz gerade aus der heimatverbunden Sprache bezieht.

Daher habe ich auch vieles in steirischer Mundart belassen, da eine Übersetzung ganz einfach den Sinn und die Natürlichkeit zerstören würde. Für den Uneingeweihten vielleicht nicht immer ganz einfach zu lesen, aber das Gesagte würde sonst seine Aussagekraft verlieren und nicht einmal Altsteirer können sich im Hochdeutschen wiederfinden. Das Lachen in der Steiermark ist selten ein lautes, nie ein künstliches, sondern immer eines mit einer Seele dahinter.

Dobl, im März 2006 Dietmar Grissemann

1. Geschichten aus der Geschichte

Einige kleine Geschichten aus früherer Zeit, die beweisen, dass sich Steirer in allen Situationen mit eigener Logik und einer gerüttelten Portion hintergründigem Humor aus jeder Situation retten können. Die Steirer sind aufrichtig aber schlau, offen für Neues, aber auch selbstbewusst, eben das, was man zu Recht »mit dem Herzen auf dem rechten Fleck« nennt.

Heiratspläne der Adele von Puttnitz

Adele von Puttnitz, die später eine Weltkarriere als Operndiva machte, verbrachte ihre Mädchenjahre, wie man damals sagte, im schönen Ausseerland, genauer gesagt, in Bad Aussee. Eines schönen Tages nun weilte der gewesene Erzherzog Johann in der Aussee, und zwar ganz im hintersten Winkel, am Kammersee – auf Gamsjagd! Es war ein wunderschöner Sommertag und zur Begrüßung der hohen Herrschaften, des Erzherzogs und seiner Entourage, wurden ein paar hübsche Mädeln aus der Bürgerschaft deputiert, die Herrschaften zu empfangen. Es waren drei Mädeln, und eine davon war die von Puttnitz.
Der Toplitzsee ist ein ganz düsterer Bergsee, tief drinnen im Gebirge versteckt. Hohe, graue Felswände schließen ihn ein. Auf der Höhe der Felsschulter oben: tief dunkler Fichtenwald. Die Wasser des Toplitzsees sind schwarz und die Blätter des Bergahorns, die da und dort hineinfallen, leuchten wie helle Sterne heraus.
Auf diesen Wassern nun fuhr der Erzherzog mit seinen Leuten dahin. Sie wurden auf leicht gebauten Barken gerudert. Auf dem Boden der Boote lagen die feisten Gamsböcke, die Beute.

Zur Begrüßung der Herrschaften nun hatte man die drei Mädchen auf der lichten Wiese gegen den Ausfluss des Sees, nach Gößl hin, postiert: Das war hübsch und anmutig gedacht, unter den Bäumen, auf dem grünen Gras. – Und in der Tracht des Landes, im einfachen Dirndl, warteten denn auch die Mädchen auf Seine Hoheit (Er war noch unverheiratet, dazumal, der Erzherzog).
Aber statt dass er die vollschlanke Adele von Puttnitz sich angelacht hätte, die holde, mit ihrer weißen Schwanenbrust, immerhin eine Adlige, fassten Seine Hoheit ausgerechnet die Tochter des Postmeisters von Bad Aussee ins Auge: Anna Plöchl. – Und wie die Geschichte dann ausgegangen ist, ist ja bekannt!

Keine Angst

Eine alte Frau, anscheinend vom Land, steht hilflos in Graz bei der Buchhandlung Pock und traut sich nicht über die Strasse. Mitleidig kommt ein älterer Herr aus der Stadt auf sie zu und fragt, ob er ihr helfen kann. »Sagn S', lieber Herr, kann da nix passieren, wann ma auf die Schienen von der Straßenbahn tritt?«, fragt sie ängstlich.
»Aber nein, Mutterl! Solang S' nicht mit dem anderen Fuß an die Oberleitung ankommen, kann gar nix geschehn!«

Karfreitag

Einer der Benediktiner aus dem Stift Admont trifft an einem Karfreitag einen heimischen Bauern und es entspinnt sich folgender Dialog:
»Na, Pocherbauer, du bist heute nicht in der Kirche?«
»In der Kirchen? Na, Hochwürden!«
»So! Und nicht einmal einen besseren Rock hast du an?«
»Na, hon i net. I wüßt a gar nit warum, Herr Pfarrer.«

»Aber, aber, Pocherbauer! Ja weißt du denn nicht, dass heute der Sohn unseres Herrn gestorben ist?«
»Was S' nit sagen, Herr Pfarrer! Heute schon wieder? Vorigs Jahr do a, nit?«
»Na ja, freilich!«
»Da schau her! Unser Herrgott hat a koan Glück mit sein Buam!«

Der verwundete Obergefreite

Der langjährige Direktor der Albertina in Wien, Hofrat Dr. Walter Koschatzky, erzählte anlässlich der Verleihung des Ehrenringes seiner Heimatstadt Graz folgende Geschichte: »1941 bin ich in Kreta am Bein verwundet worden und kam ins Heimatlazarett nach Graz.
Neben der Beinwunde hatte ich an der Nase so eine Art Kratzer oder ein Furunkel, ich weiß es nicht mehr so genau. Jedenfalls schickte man mich zum Hautarzt in die Annenstraße. Statt dass der Doktor mir ein Pflaster ins Gesicht pickt, hat er mir den ganzen Kopf samt Gesicht eingebunden.
Damals gab es den Befehl, dass Schwerverwundete von allen Dienstgraden zuerst zu grüßen seien. Am Hauptplatz grüßen mich also alle, vom Schützen bis zum Oberst. Na, was hätt' ich tun sollen? Ich hab halt freundlich gedankt.«

Wie man in der Steiermark Demonstranten beruhigt

Zu den Legenden aus dem Anekdotenschatz der steirischen Landesregierung zählt sicher auch die Verhandlung des damaligen Umweltlandesrates Erich Pöltl mit Demonstranten und Umweltschützern. Südlich von Graz, in der Gegend des Kaiserwaldes, sollte eine Mülldeponie errichtet werden.

Zahlreiche Gegner des Projekts und eine Abordnung aus dem steirischen Landtag finden sich ein und die Diskussion vor Ort wird heftiger und heftiger, findet aber ein jähes Ende, als Landesrat Pöltl einem besonders erregten Demonstranten anbietet: »Kumm her und fotz' mi o, wann's di beruhigt!«

Das Krainerlachen

Vom Feldbaumerseppl, wie der Hausname des Steirischen Landeshauptmanns Josef Krainer lautete, gibt es eine Reihe von bemerkenswerten Geschichten aus seinem Leben. Eine handelt davon, wie Krainer mit Marschall Tito die neue Murbrücke in Radkersburg feierlich eröffnet hat. Bei der anschließenden Tafel fragte Krainer: »Ist es wahr, Herr Präsident, dass Sie Whisky für das beste Kreislaufmittel halten?«

Der damalige jugoslawische Präsident hat dies bestätigt und Bundespräsident Jonas, der das Gespräch verfolgt hatte, meinte: »Wissen Sie, Herr Präsident, seitdem sie das festgestellt haben, hat der Herr Landeshauptmann erst seinen Kreislauf entdeckt.« Krainer soll das mit seinem berühmten »Krainerlachen« quittiert haben.

Die Wünsche aus Wien

In der sicherlich schweren Nachkriegszeit war die Versorgung in der Steiermark noch weit vom Nötigsten entfernt. Da hat die Regierung in Wien, der damalige Bundeskanzler Figl, von der Steiermark zweitausend Rinder für Wien und Niederösterreich verlangt. Krainer, dem die Lage in seiner Heimat doch sehr zu schaffen machte, lehnte das Ansinnen rundweg ab.

»Zweitausend Rinder«, erklärte er dem Bundeskanzler, »die haben meine Bauern nicht übrig. Sie haben sich von den Kriegsschäden noch lange nicht erholt, um so ein Kontingent abgeben zu können!« Figl droht daraufhin: »Dann wird ich den Steirern wohl den Zucker sperren.« Es werden zwei Versionen überliefert, wie Krainer darauf reagiert haben soll: »Wenn meine Bauern zweitausend Rinder hergeben sollen, dann werden etliche Höfe zugrunde gehen. Wenn sie aber eine Zeit lang keinen Zucker haben, stirbt keiner. Merk dir das lieber Freund!«

Die zweite Überlieferung seiner Antwort lautet: »Friß eahm sölber!« Man sollte es den Kennern des Landeshauptmanns überlassen, welche wahrscheinlicher ist.

Peter Rosegger als Herausgeber des »Heimgarten« erhielt nahezu täglich einen Berg von literarischen Ergüssen seiner zahlreichen Leser. Zwei seiner Antworten sollen hier wiedergegeben werden:

Wir sollten Ihnen für Ihre Sammlung von Dialektdichtungen, Volkserzählungen, Dramen und Epigrammen einen kurzen, dramatischen, originellen, treffenden und dem Landesvolke sympathischen Titel erfinden? Nennen Sie die Sammlung: »SCHMARRN«.

Die Flut von eingesandten Gedichten, »Humoresken« und Erzählungen mehren sich wieder in grässlicher Weise. Wir haben jetzt, in der warmen Jahreszeit, keine Verwendung dafür.«

2. Gereimtes und Sprüche

Gerade der Reim bietet die Möglichkeit, sich mit wenigen Worten auf das Wesentliche zu konzentrieren, eine Situation zu kennzeichnen oder eine Aussage in den Raum zu stellen, die zwar nicht immer ganz richtig sein muss, aber genau den Punkt trifft. Meist sind diese Reime und Sprüche seit Generationen im Umlauf und einmal »wiedergehört«, sind sie doch immer ein Quell der Freude und häufig eine Erinnerung an die eigene Kindheit.

Alter steirischer Kinderreim
Gemma, gemma, såg die Emma ...
Wo denn hin, såg die Spinn ...
Jå zum Tånz, såg die Gåns ...

Håb koa Kladl, såg das Fadl ...
Wirst scho kriagn, såg die Fliagn ...
Jå von wem, såg die Henn ...

Von die Tantn, såg die Antn ...
Jå an Schoaß, såg die Goaß ...
Sågt ma dås?, såg da Hås, aber jå, såg da Floh!

Typisch (Zitat Amanda Klachl)
Mia Steirer büld'n uns net ein,
dass mir was B'sonders san.
Es gibt nur ans, was ma'den ondern vuraus hobn:
Mia san Steirer!

Wenn es darum geht, dass eine Begebenheit doch schon sehr lange her ist, kann man hören:
»Es woar scho damals, wia inser Herrgott no gonz kloan war.«

Die »einfache Herkunft« hört sich dann so an: »Mei Vota woar oarm, er hot seini Kinder olli selber mochn müassen.«

Besondere Bildung im Zusammenhang mit Sprachbegabung äußert sich im Sulmtal so: »I hob woul an die sechs Sprochen glearnt: Die Votasproch, die Muatasproch, Deitsch, Slowenisch, Windisch und so wia mia do redn.«

Wia höcher die Alm,
desto frischer das Kraut.
Wia älter die Weiber,
desto zacher die Haut.

Zan Deandl is er gangen
za da Roankeuschlerin
Hat's Fensterl verfahlt
und zu der Goaß eini'gschrian.

De berglerischen Mentscha
sö glauben, sie san vüll.
Dabei stengan's auf 'd Straßn
wia a wompete Grüll.

Es gibt halt vül Manna
woul unta die Leut,
Weil immer des Unkraut
am besten gedeiht.

Feindzalig!

Zwoa Dichterinnen sehgn sih heit,
mei, und do redns holt a wenk gscheit.
»Fachsimpln«, glab ih, hoaßt ma des.
Die Oani sogt: »San S' ma net bös,
ma woaß jo monchsmol gor nix mehr.
Wou nehman Se Ideen her?«
»Mei«, sogt die Oa', »des is holt schwa
und monchsmol is mei Hirn gonz laar,
wird eh ba Eahna ah sou sein!
Ouft follt ma Wochnan nix Gscheits ein!«
Drauf sogt die Onderi, der Besn:
»Des Buach va Eahna hob ih glesn!«

Aus Vorsicht

Am Bodestrond durt ruaft a Bua
gonz aufgeregt sein' Votern zua:
»Du Papa, host de Dame gsechn?
De Ormi hot gonz roti Zechn!«
»Jo mei, die Mode«, locht der Maonn,
»woaßt, Monchi molt die Zechn aon!«
Do stöllt da Bua sih owa dumm:
»Wos, aongmoln hot sih de? Warum?«
»Woaßt Bua«, straht hiatz da Voter ein,
»dass ihr neamb aufisteigt ban Geihn!«

Vull's Vertrauen!

»Du Voter«, hot er gsogt, da Bua,
»hiatz paß guat auf und lous ma zua:
Host oamol gsogt, sou kimmt ma vür,
dassd vull's Vertrauen hätt'st za mir!
Wannsd vull 's Vertau'n host, kaonn jo sein,
donn spirr dein Schnops net sou guat ein!«

Deutschunterricht

Da Lehrer erklärt in da Schul',
wia ma »ich, du, er«, verwendn sull,
damit des jedes Kind versteht:
»Ich gehe, du gehst und er geht«.
»Wenn Vater sagt: Ich geh' zum Wirt,
wie wird's von der Mutter formuliert?«
Do meld't er sih, da Karli-Bua und sogt:
»Die Mutti, lousn S' zua, de stöllt sih hin,
wia a Gendarm
und sogt za eahm: Du bleibst daham!«

Niassn

Da »Karli-Bua« van Fünferhaus,
geht sou gern mit da Omi aus.
Heit is er eh a wenk verkühlt.
Er schnupft und niaßt heit ols wia wüld!
Mei, – und sei' Omi schomt sih schaon:
»Du spraderst jo die Leit oll' aon!
Fralih, des Niaßn, des is gsund,
Owa ma holt't die Hond vor'm Mund!«
Do kriagt sie hiatz wos z' hörn van Kloan'n!
Er sogt: »Du muaßt des fralih toan!
Ih brauch des net«, sogt ihr der Lauser,
»mir fliagn jo dou die Zähn' net aussa!«

Wer hot mehr Vertraun?

A Diab und sei Verteidiger,
de sitzn do vorm Richter her.
In Richter dauert scha olls z' long,
er wa scha gonz gern Essn gong',
drum sogt er hiatz zan Advokat,
ob er sih gonz kurz fossn tat,

wal 's wa wenig Zeit vorhondn
und da Diab hot eh scha g'stondn.
Do spinnt da Advokat woaß wia:
»Herr Rat, glabm S' eahm 'leicht mehr wia mir?«

Wos sauf ma?

»Herr Wirt, an Wein!
A roter muaß's sein!«
»Da roti is gor!
Wor a schlechts Johr!«
»Ah wos scheißn!
Trink ma an weißn!«

A Gedicht!

Da Plotzwirt schenkt in Veit grod ein.
»Wia schmeckt'n dir mei' neiger Wein?«
Dem laft a Lächln über's Gsicht,
er sogt: »Der Wein is a Gedicht!«
»jo,« sogt da Wirt, »des wüll ih hoffn!
Sölm trink na nou a drei, vier Strophn!«

3. Marterlsprüche, Bauernregeln und anderes

Wanderer, rost' o' und bleib,
a furchtbor neugieriges Weib
des hot, dem Himml sei's geklogt,
den Briaftroger zu Tode gfrogt!

Die gonzi Gmoa is vulla Trauer,
Zimperl Fritz, eh sunst a Schlauer,
und immer gottesfürchtig gwesn,
hot sih ban Fensterlngeihn dasteßn!

Wanderer, ziach deinen Hut.
De olti Jungfrau, de do ruht,
de hot a Nockerta a sou daschreckt,
do hots oll' vieri dounigstreckt!

Da Jaganaz, dass neamb daschrickt,
der is ba oana Lug dastickt!
Mei, der wor orm! Mir kemman Tränan!
Jo, richtig lüagn sullt ma holt könnan!

Dasoffn do im Wosser drein.
Mir kinnans olli net versteihn.
Herr, gib eahm mehr an trucknan Segn,
der hot dou sunst nia 's Wosser mögn!

In Jaganaz, ih sogs verdrossn,
den hot sei' eig'ner Hund daschossn.
Is aonkemman ban Büchsnhaohn
und Mittwoch wor's Begräbnis schaon!

Liaber Wonderer, tua betn,
an Maurer hot a Stier z'somm'tretn.
Er wor scha fost in Sicherheit,
owa donn hots zwölfi gläut't!

Siebzg wors, a keuschi Bauerndirn,
do hots da Roßknecht wulln verführn.
Hätt' sie eahm ihr Keuschheit gebm,
donn könnt' sie am End' heut' nou lebm!

Den Beinlzüchter Severin
hot in da Beinlhüttn drinn'
sein fleißigs Vulk a sou dastochn,
dass er gstorbm is, letzti Wochn!

Di Brauer siadn Himbeer,
der Hopfn wird'g'raucht,
wer furher net abkrozt,
der hots übertaucht.

Hier ruht der Ignaz Reiter
Und gehst a poar Schritt weiter,
kimbst zu der Stell, do wo vur Johren
der orme Depp derschlag'n is word'n.

Friedlich schlummert hier ein PAZIFIST
Der mit dem Waffenrad verunglückt ist.

Hier ruht Franz Josef Matt,
Der sich zu Tod gesoffen hat.
Herr! Gib ihm die ewige Ruh'
Und eine Flasche Schnaps dazu.

Gerad' am Örtchen, wo man muß,
Starb er an einem Darmverschluß.

Am Grabstein des Geisterfahrers:
Er war, das haben wir immer sehr geschätzt,
entgegenkommend bis zuletzt.

Aufschrift an einem Hause in Peggau, Steiermark:
»Allen zu gefallen kann möglich nicht sein,
Es sein viel zu viel Köpf und zu wenig Verstand darein.«

Hier ruht der Brauersepp,
Gott Gnad für Recht ihm geb!
Denn viele hat, was er gemacht,
Frühzeitig in das Grab gebracht.
Da liegt er nun, der Bierverhunzer.
Bett, o Christ, fünf Vaterunser.

Hier liegt ein junges Öchselein,
des Tischlers Ochs sein Söhnelein.
Der liebe Gott hat nicht gewollt,
dass es ein Ochse werden sollt,
Drum nahm er ihn aus dieser Welt
zu sich ins schöne Himmelszelt.
Der alte Ochs hat mit Bedacht,
Kind, Vers und Sarg selber g'macht.

Bauernregeln

waren eigentlich meist dazu da, das Wetter vorherzusagen. Dank moderner Technik geht dies aber viel genauer und so wurden die Bauernregeln völlig verfremdet:

Bauernregln – steirisch

Is die Wiesn vulla Schnee
is koa Heigzeit, denkts enk's eh!

Wann die Jaga fleißig schiaßn,
werd'ts in Hofhund aonschreibm müaßn!

Warum die Kuah die Milch z'ruckholt't
Die Händ' van Knecht san sou vül kolt!

Da Bäurin wern die Heah' oll' hin?
Wos woschts as in da Woschmaschin?

Dasauft da Bauer in da Jauchn,
wüll da Knecht net nochitauchn!

Mit Tarnforb streicht da Knecht die Schof,
Donn kemman d' Jaga auf 'n Hof!

Wann die Dirn in Knecht net mog,
donn wor am Vortog Knofl-Tog!

Plogn die Bäurin fest die Wind,
sulltersd holt net nochgeihn hint'!

Bauer, spirr die Viecher ein!
Ih siach do draußt an Jaga geihn!

Am Feld woxt nix, die Dirn woxt aon?
Da Knecht hot sih ban Som' vertaon!

Die Dirn wird dick, die Sau bleibt schmol?
Folsch gfuattert wird! Auf jedn Foll!

Wanns Schobertretn tuat, die Lies',
im Summa, wann die Heigzeit is
und ihr'n Slip hot weg, ihr'n blaun,
donn kaonn da Knecht in'n Himml schaun!

Denkt die Bäurin sou ba ihr:
Wann d' Kuah wos wüll, donn merkt's da Stier.
Unser Bauer merkt nix, leider!
Is da Stier am Endi gscheiter?

Hochdeutsch

Verliert der Bauer seine Haare, dann kommt er in die Wechseljahre!

Wächst der Magd ein dicker Bart, wird der Winter lang und hart.

Stinkt die Bäuerin aus dem Mund, so ist ihr Zahnfleisch nicht gesund!

Liegt des Bauern Uhr im Mist, weiß er nicht, wie spät es ist.

Hat der Bauer kalte Ohren, dann hat er seinen Hut verloren!

Gewitter im Mai, ist der April vorbei.

Geht der Bauer gern was trinken, sieht man das an seinem Zinken.

Der Bauer macht aus Ferkeln Säue, so was nennt man Bauernschläue.

Wer im Juni einen hebt, hat den Maibock überlebt.

Wenn die Bäuerin tobt, der Bauer zittert, hat sie das mit der Magd gewittert.

Wenn der Knecht zum Waldrand wetzt, ist das Örtchen schon besetzt!

Wenn Bauern in die Jauche segeln, helfen keine Bauernregeln.

Ist die Viehzucht aufgegeben, heißt es von Touristen leben.

Der Hofhund, der die Hühner frisst, ein hundsgemeines Haustier ist.

Ist im Lenz die Kasse flau, war im Herbst der Bauer blau.

Muht die Kuh laut im Getreide, war ein Loch im Zaun der Weide.

Soll die Kälbermast sich lohnen, greift der Bauer zu Hormonen.

Der Bauer macht ein Bäuerlein, es muss nicht mit der Bäuerin sein.

Melkt die Bäuerin die Kühe, hat der Bauer keine Mühe.

Postler-Regeln

Wann die Sperrguatpackln rinnan,
wor bestimmt wos Flüssigs drinnan!

Schollplottn, toan die Kundn bittn,
sullst net obbiagn in da Mittn!

Schaut da Bua in Postler z' gleich,
donn stimmt do wos net, sog ih euch!

Sitzt da Postler obm am Bam,
loßt'n da Schäferhund net ham!

Bruaderschoft trinken mit die Hund
an jedm Posttog, do gehst z' Grund!

Seit neuestem gibt's Hundeflockn
mit Briaftrogerwadl-Gschmockn!

Da Postler trinkt koan Alkohol?
Donn is er kronk! Auf jedn Foll!

Da Postler hängt sei' Moped um?
Donn wors eahm z' vül,' de Floschn Rum!

Schmeiß die Grichtsbriaf weg, wos's gibt,
donn bist überoll beliebt!

Ih hoß des Briafschreibm, seids net bös!
Schickts gscheiter olln a SMS!

Die Leit hobm mit dir a Getua?
Donn stöllst am End' koan Grichtsbriaf zua!

Wann die Buam zan Postler »Papa« sogn,
donn wa fost guat die Mama frogn!

Wann die Weihnochtspackl kemman,
wa am gscheiterst' Urlaub nehman!

Wern die Postlerregeln gor,
nocha kimmt a brauchbors Johr!

Sinnsprüche für's Leben:

Zan Lebm braucht ma, des is klor,
Essn' Trinken und Humor!

Bleib schön gsund und schlof recht tiaf
und schreib mir nia an Bettlbriafl!

Zan Essn hobm die meistn Leit
leichter, wia zan Lochn Zeit!

Ih find's fein,
wann die Leit sih gfrein!

Du sullst dih hiatz nou lustig mochn,
wannsd Zohnweh host, kaonnst eh net lochn.

Net jeder sogt dir nur des Schöni!
Leit gibt's vüli, Menschn weni!

Bist im Lebm a ormer Heiter,
suach Gaudi dir ols Blitzobleiter!

Die Bibliothek der dünnsten Bücher

»Italienische Heldensagen«
»Kulinarische Gerichte aus England«
»Die amerikanische Geschichte«
»Russische Marktwirtschaft«
»Die Frau als Herr im Haus« von Verona Feldbusch
»Stressbewältigung für Beamte«
»Meine besten Milchmixgetränke« von Harald Juhnke
»Fehlerfreies Programmieren« von Bill Gates
»Natürliches Aussehen« von Michael Jackson
»Sicheres Fahren« von Ayrton Senna
»Glückliche Ehejahre« von Al Bundy
»Katzenpflege leichtgemacht« von ALF
»Das katholische Kamasutra«
»Demokratie« von Fidel Castro
»Amerikaner die keine Schusswaffe besitzen«
»Australische Philosophen«
»Bildband erfolgreicher, gut aussehender Passfotos«
»Das Logbuch der Titanic«
»Gesunde amerikanische Nahrungsmittel«
»Abnehmen leichtgemacht« von Luciano Pavarotti
»Rassisten mit 3-stelligem IQ«
»Sehenswürdigkeiten am Südpol«
»Begabte Rapper«
»Lexikon der ehrlichen Politiker«

Gesund-Trinken bei der Hochzeit

Liabi Brautleit, vulla Freidn
wulln ma enk heit gratuliern!
Sullts in Gsundheit, ohni Leidn,
recht a guati Ehe führn!

Sou a Hochzeit is wos Schön's
und ihr hobts enk gern, ih kenn's,
drum bitt' ih: Tuats enk ollwal ochtn
und nix ba ond'ri übernochtn!

Mir trinken heit aufs Hochzeitspoar
und wünschn vüli schöni Joahr.
Die Ehe sull enk guat gelingan
und da Storch sull Kinna bringan!

Liabi Brautleit, loßts enk feiern,
mog die Zeit ah weiterleiern!

4. Aus Schulaufsätzen

Was weißt du über die 2. Türkenbelagerung?
Der türkische Feldherr hieß Karl Nußdorfer (Kara Mustapha).

Eine Reise durch die USA: In Washington we saw the White House, but we didn't see Wilhelm Bush.
I think, he is very busy.

Arnold Schwarzenegger is an interneschernell person and his nick-name is »Steirische Eichel«.

Die Erde beschreibt eine epileptische Bahn um die Sonne.

Mein kleiner Bruder ist schon abgestillt,
jetzt muss er noch abgeflascht werden.

Die allgemeine Schulpflicht wurde in Österreich von Mutter Theresa eingeführt.

Meine Frau Lehrer hat eine strenge Regel.

Er ist mit einer Gehirnerschütterung noch halbwegs gut ums Leben gekommen.

Es ist ein heißer Tag und bald fliest allen der Scheiß von der Stirn.

Manche Menschen entrümpeln ihr Haus und werfen es dann in den Wald.

Mit der Frau Lehrer sind wir 22 Kinder.

Juri Gagarin war der erste bemannte Raumfahrer.

Mein Lieblingsessen ist Schnitzl mit Baum Fritz.

Diesen Vorfall meldete ich sodann der Schanda Marie.

Während der Fernsehsendung vergasen die Eltern ihre Kinder.

Die Schnitzel brunzelten in der Pfanne.

Das Mädchen fiel von der Bank und blieb unerregt liegen.

Bitte der Hansi hat sich heute Nacht an der Zimmertür vergangen.

Ich habe am Wochenende nichts gemacht. Ich habe faul gelenzt.

Ich betrat den Frisörsalon, grüßte Gott und setzte mich.

Ich mag unsere Religionsfraulehrer sehr.

Und dann gehen die Erstkommandanten in die Kirche.

Der Engel Gabriel brachte Maria die Botschn.

Erkläre das Sakrament der Ehe:
Die Vereinigung erfolgt vor dem Priester.

Wo in Österreich gibt es einen Erzbischof? Am Erzberg.

Als die Männer zurückkamen, waren sie steifgefroren. Sie standen um das prasselnde Feuer und wärmten ihre Glieder.

Siegfried hatte an seinem Körper eine wunderbare Stelle, die er aber nur der Kriemhild zeigte.

Die Christen wollten, dass sich alle Menschen lieben, und sie taten das auch bei jeder Gelegenheit. Da hatten aber die Römer was dagegen.

Auf dem Standesamt geht es sehr feierlich zu. Während ein älterer Mann im Hintergrund leise orgelte, vollzog der Standesbeamte an meiner Schwester die Ehe.

Wenn der Polizist die Arme gespreizt hat, will er damit verkünden, dass er gerade keinen fahren lässt.

Eines der nützlichsten Tiere, die wir besitzen, ist das Schwein. Von ihm kann man alles verwenden, das Fleisch von vorn bis hinten, die Haut für Leder, die Borsten für Bürsten und den Namen als Schimpfwort.

Es waren fast alle Rassen vertreten. Zur Begutachtung mussten die Besitzer mit ihren Hunden vor die Jury treten, die meisten von ihnen wedelten dabei freudig mit dem Schwanz.

Butter wird aus Kühen gemacht. Sonst heißt es Margarine.

Die Periode der Königin Elisabeth dauerte 30 Jahre.

Das Problem mit den alten Leuten wird nicht weniger, obwohl so viele sterben. Aber es wachsen immer neue nach.

Es gefällt mir gar nicht, wenn in einem alten Film nur tote Schauspieler mitspielen.

Der Ätna ist ein sehr tätiger Vulkan. Erst im letzten Jahr hatte er eine Erektion.

Orgel und Klavier unterscheiden sich vor allem dadurch, dass an der Orgel die größeren Pfeifen sitzen.

Graf Zeppelin war der erste, der nach verschiedenen Richtungen schiffte.

Wir gingen in den Zoo. Es war ein großer Affe im Käfig. Mein Onkel war auch dabei.

Mit starkem, großem Strahl gaben die Feuerwehrleute ihr Wasser ab.

Der Landwirtschaftsminister ließ die Bauern zusammenkommen, denn die Schweine fraßen zu viel.

Beim Roten Kreuz widmen sich die Männer und Frauen der Liebe. Einige tun es umsonst, andere werden bezahlt.

Als der Jäger Rotkäppchens Großmutter mit dem dicken Bauch sah, wusste er sofort, was geschehen war.

Dort, wo jetzt Ruinen ragen, standen einst stolze Burgfräuleins und warteten auf die ausgezogenen Ritter.

Nachdem die Männer 100 m gekrault hatten, wickelten die Frauen ihre 200 m Brust ab.

Wir gingen mit unserer Lehrerin im Park spazieren. Gegenüber dem Park war ein Haus, wo die Mütter ihre Kinder gebären. Eine Gebärmutter schaute aus dem Fenster und winkte uns zu.

Zu Allerheiligen waren wir auf dem Friedhof. Es war sehr feierlich, denn der Pfarrer besprang mit seinem Wedel die Friedhofsbesucher.

Gestern hatten wir Jugend-Skitag. Alle Minuten ließ der Lehrer einen fahren. Wenn ihm einer zu früh rauskam, schickte er ihn zurück.

Karli schreibt einen Aufsatz über sein schönstes Ferienerlebnis: »Wir sind mit Papas neuem Auto von Knittelfeld nach Radkersburg gefahren. Es war großartig! Wir haben drei Trottel, sieben Idioten, fünf blöde Affen, zwölf alte Ziegen und an die zwanzig Armleuchter überholt ...«

5. Auf guat Stairisch

Nicht immer trägt die Sprache eines Landes so sehr zu seiner Charakterisierung bei, wie wir es aus dem »Stairischen« kennen. Aber gerade das »Bellen« der Steirer ist wohl eine der bekanntesten Eigenschaften, die einen echten Steirer, wo immer er sich gerade aufhält, einerseits auszeichnet und andererseits von allen Anwesenden deutlich abhebt. So ist es wohl als ganz normal zu betrachten, wenn steirische Laute beispielsweise in Kalifornien Einzug gehalten haben.

Da Sebastian rennt zur Bushaltestöll sou schnell wia er kann.
»I muaß'n kriagn!«, is sei oanziger Gedanken, oba es hülft ois nix. Der Bus is scho davon.
A Frau frogt ban Vorübergeihn: »Hobn's leicht in Bus versamb?« Dem Sebi treibt's den Bluatdruck i d'Höh –
Er sogt: »No na, mei liabe Frau, i glaub, i hob'n vascheicht!«

Ausagschaut – einiglocht,
Zeit ausgmocht – Somstog Nocht
Aufikrallt – Fensterl g'fahlt
Watsch gebn – untn g'legn.

In der Volksschule sollen die Kinder geimpft werden. Mit mäßigem Erfolg versuchen die Lehrer etwas Ordnung in die aufgeregten Schüler zu bringen. Der Schularzt steht vor der kleinen Marie, die völlig verstört weint und meint beruhigend:
»Geh, Dirndl, brauchst net plärn. Woast iberhaupt gegn

wos'n heit g'impft wirst?« Marie schluchzt und gibt zur Antwort: »Herr, Dokta, des woas i genau. Gegn mein' Wülln wer i g'impft!«

In Puntigam auf der Wiese hat ein Zirkus Station gemacht. Zum Mittagessen besuchen zwei der dort tätigen Liliputaner das Braugasthaus, nehmen Platz und bestellen: »Zwoa Holbe!« Da sagt der Kellner: »Des siach i e und wous wullts zan trinken?«

Der Michl geht in die Drogerie, weil die Mäuseplage wieder einmal zu groß wird: »I brauch a Mitt'l gegn d'Mäus.« »Wulln S' as glei mitnem'?« fragt die Verkäuferin. »No, na«, sagt der Michl, »I treib ehna die Mäus vurbei!«

Zwei Maurer, die ja bekanntlich besonders flinke Leute sein sollen, gehen Richtung Baustelle. Plötzlich meint der erste: »Sepp, i muan hiatz host an Schneck zsomm'tretn!« Der tierliebe Sepp kann sich das nicht vorstellen und beschließt ein paar Schritte zurückzugehen. Tatsächlich liegt dort eine zertretene Schnecke, was den Sepp zu der Bemerkung veranlasst: »Des vasteh i net, kunnt oft grod sein, der is ma va hintn einigrennt!«

»Vota, i mog nix mehr schulgeahn! Da Lehra tuat mi olleweil pflanz'n«, verkündet der Micherl, der gerade als ABC-Schütze begonnen hat. »Ja, wos tuat er denn?«, fragt beruhigend der Vater, »Morgen geah i mit zan Lehra und frogn, was er alleweil hot mit dir.« Der Micherl ist zufrieden, dass sich sein Vater für ihn einsetzt. Am nächsten Tag gehen der Vater und sein Sohn zur Schule und der Vater fragt den Lehrer, was es denn eigentlich mit dem Micherl für eine Bewandtnis habe. Der Bub sei halt so-

zusagen blitzdumm, meint der Lehrer und es sei in seinen Schädel nichts hineinzubringen.
Der Vater fühlt sich in seiner Ehre gekränkt und verlangt Beweise. Der Lehrer: »Micherl, sog, wie viel ist zwei mal zwei?« Da weint das Micherl und sagt: »Siagst, Vota, fongt scho wida oun!«

Der Jokl ist in der Kirche. Dicht gedrängt stehen die Mannerleut auf der rechten, die Weiberleut auf der linken Seite. Es könnte kein Mensch in dem Gedränge umfallen, und doch bringt es ein Taschendieb zuwege, dem Jokl seine Brieftasche zu stehlen, die in der Rocktasche ihr schlecht behütetes Dasein fristet. Beim Frühschoppen bemerkt der Bestohlene den Verlust und wendet sich an seine Freunde: »Jetzt hat mir so oan Rauba mei'n Briaftoschen gstohln. Is dös oan Schand, a so a Schand.« »Muast di deswegn schamen?«, fragt sein Nachbar. »Weil i goar nix, scho rein gor nix drein ghobt hob«, klagt der Jokl betrübt.

Neben der Schule muss natürlich auch die bäuerliche Arbeit der Jugend vermittelt werden. Dazu hat einst der Steegerbauer seinen zwölfjährigen Sohn mit auf das Feld genommen, um ihm den Umgang mit dem Pflug beizubringen. Nachdem er ihm alles gezeigt hat, macht der Bursche seine ersten Versuche.
Die Ochsen scheinen die Unsicherheit zu spüren und gehen einmal dahin einmal dorthin, mehr so wie es grad am leichtesten ist. Dementsprechend sieht die Furche aus, als wären Ochs und Pflüger betrunken.
Dem Vater wird es zu bunt: »Du Depp, du. Mei Vota hät'mi zwegn so aner Furch'n sauba o'gfotzt.« »Ös müast's aber an gachen Vota'n ghobt hobn«, meint darauf

provozierend der Bub. »An bessarn scho wia du« schimpft der aufgebrachte Bauer.

Der Joschi und der Seppl pflegen schon seit Jahren eine tiefgehende Feindschaft, deren Ursprung schon im Dunkeln lag, als »da Herrgott no a kloans Biabl gwesen is«. Nach einer handgreiflichen Diskussion im Wirtshaus stehen die beiden nun vor Gericht. Der Richter kennt beide schon von früheren Ereignissen und will die Sache schnell vom ehrwürdigen Richtertisch haben. Er verurteilt den Joschi zu einhundert Euro Strafe. Der Joschi greift nach seiner Geldtasche, nimmt grosspurig einen Zweihundert-Euro-Schein heraus und reicht ihn dem Richter. Danach dreht er sich langsam zum Kläger, haut ihm eine »mordstrum Watschen« herunter und sagt dann über die Schulter zum Richter: »Aussergebn brauchns neahmer, Herr Rot!«

Der Sunleitn-Bauer fragt seinen Bubn: »Wiaso host du eigentlich koane Freind in Schul'?« Der Bub zuckt die Schultern und sagt: »Ich woas a' nit. Die oan, die ich schlog, wulln mi' net und die onderen, die mi schlogn, mog i net!«

Gebet

Herr, du erleuchtest alle Klassen,
sei es Bettler oder König!

Du erleuchtest alle Rassen,
nur Politiker zu wenig!

Sag ihnen, sie soll'n sich schämen,
sei'n es Herren oder Damen,
weil sie uns das Geld wegnehmen.

Und sie soll'n bereuen! AMEN!

6. Schimpfwörter und andere Ausdrücke

Beinahe jedes Schimpfwort der urtümlich steirischen Art hat entweder einen liebevollen Unterton oder doch zumindest eine Verkleinerungsform, die dem Gesagten die Schärfe nimmt.

A niada	ein jeder, ohne Ausnahme
abhäppln	auch *abhäupeln* 1) streicheln, liebkosen 2) die feste Schale bei Früchten entfernen
antommerlt	nicht gerade mit besonderen Geistesgaben gesegnet
anluren	jemanden oder etwas konsequent anstarren, fixieren
Aumpa	Kübel
Bachbrunzer	Beiname des Hl. Laurentius. Falls er am Laurenzitag (10. August) in den Bach brunzt (uriniert) – sprich wenn es regnet – soll man den Rest des Sommers nicht mehr im Freien baden.
Bölli	altsteirisch für »Stier«; *»Du bist a fester Bölli«* bedeut »Du Idiot«
Brodler	ein langsamer Arbeiter
buckelfünferln	den Buckel runterrutschen; egal sein *(Du kaunst mi buckelfünfaln!)*

darmdürr'n	verhungern
daunigrosen	fremdgehen (hinweggrasen = nicht auf der eignen Wiese grasen)
danneh	vorher; gerade erst
Dukatenscheißer	verächtlich für einen Geldprotz
Dusel	1) Schwindel, 2) leichter Rausch, 3) schwachsinniger Mensch
Dutter	einjähriges Pferd; junger, unreifer Mensch
einweimperln	schmeicheln, mit großem Aufwand beliebt machen
entrisch	unheimlich, ungewöhnlich, anders
Erzscheißerl	letztgeborenes Kind
extrig	aussergewöhnlich, merkwürdig
fachteln	in der Luft herumfahren, unvorsichtig mit offenem Licht umgehen.
Fadl	ein junges Schwein; Ferkel
Fankerl	Funke, Teufel, auch ein aufgewecktes Kind
Fatschenkind	Kind, das noch gewickelt wird
Fallot	Taugenichts, Strolch, Landstreicher
Feierzottl	Faulenzer, Tagedieb, Mensch der ständig Besuche macht und so nicht arbeitet.
fingerlang	*alle fingerlang* bedeutet: rasch hintereinander

flauchen	stehlen; entwenden
freilliwul	verstärktes, doppeltes »Ja«
fuchtig	zornig, wütend, nervös
Fuck	Augenblick, etwas hat *fuck* zu geschehen, also augenblicklich.
Gachn	große Eile, kommt etwas *gach* oder *gachs,* dann erscheint es plötzlich, unerwartet; aber auch für Jähzorn.
gamprig	neugierig, lüstern, geil
Gelbfüßler	spöttische Bezeichnung für die Bewohner des Sulmtales, offensichtlich abgeleitet von den gelben Beinen der dort gezüchteten Hühner.
geiern	etwas unbedingt haben wollen, versessen sein
Geldegel	Wucherer, habsüchtiger Mensch
Gfrett	eine ärgerliche, verzweifelte Situation, auch als *gfretten* oder *durchgfretten*
gickeln	mit vor Zorn bebender Stimme sprechen
glustig	begehrlich, lüstern; *»Iatz waar i grod glustig …«*
graan	sich sorgen; *»muast di graan«* – musst du dir Sorgen machen
greppenzen	aufstoßen, rülpsen

Gugatzfleck	Sommersprossen
habern	essen (derb)
Haderwachl	ungepflegter, schlecht angezogener Mensch; *Hadern* sind alte Kleider, Lumpen
hantig	bitter (z. B. bei Speisen), bissig, tückisch bei Menschen
herent	auf dieser Seite, diesseits; im Gegensatz zu *drent* (drüben, auf der anderen Seite)
hinig	tot, kaputt, aber auch hingehörend
hoamgeign	nachhause schicken, urspr. die Hochzeitsgäste mit Musik verabschieden
inhalten	besitzen, behalten
itzeln	sticheln, foppen
Janker	eine Jacke
jankern	sich beeilen
kalabern	langsam gehen, flanieren
kaudern	unverständliches daherreden
Kertsiwul	Anstand, gehört sich »... *des ghört zum Kertsiwul*«
Klapotetz	Eine windmühlenartige Holzklapper zur Abwehr von Vögeln in den Weinbergen der Südsteiermark
klieben	Holz mit einer Hacke spalten

laundln	langsam sein; ein *Laundler* ist ein langsamer Mensch
letz	schlecht, übel, böse, zuwider; »*a letza Hund*« beliebtes Schimpfwort für Mensch oder Tier
Lugenschippl	unehrlicher Mensch, notorischer Lügner
Luschen	bezeichnet die Hülse von Körnern, eine Karte, die nichts wert ist, oder eine leichtsinnige Frau
madig	unbedeutend, wertlos
Malefitzkerl	eig. der Anführer; Tausendsassa
marzen	sich vergebens anstrengen
matschgern	zerdrücken, zerquetschen aber auch für nachschimpfen, zurückreden »*Tu nit matschgern*«
Miachn	Mensch oder Tier, der oder das etwas angestellt hat
moschet	breit, fleischig, (meist das Gesicht betreffend)
Naderer	Spitzel, Angeber, Verräter
Noagal	eine Kleinigkeit, ein Rest, häufig im Zusammenhang mit Getränken.
Notzmaul	verächtlich für Gesicht, putzt man sich das *Notzmaul*, hat man sich einfach rasiert

Nudler	ein schlampiger Arbeiter oder ein Fussballer, der den Ball nicht richtig trifft und somit *nudelt*
Oaschkitzel	Hagebutte
ödeln	»des tuat ödeln« es hat einen faden (Bei-) Geschmack
opfiaten	verabschieden
Palawatsch	Durcheinander
pari	quitt, Gleichstand, ausgeglichen
patschert	ungeschickt, unbeholfen
penzen	lästig betteln, bedrängen
pfigetzen	mit dem Mund pfeifen (ohne Pfeiferl selbstverständlich)
pfnachen	vor Zorn schnauben, vor Anstrengung keuchen
pfnotten	mürrisch schweigen, ein *Pfnotterer* ist ein Griesgram
Pippn	Wasserhahn, aber auch Bezeichnung für freche Burschen *(Rotzpippn)*
prodln	miteinander reden
quadrillirt	kariert; auch »*quadrulliert*«
quecketzen	jammern, klagen, schreien
radlhaxig	O-beinig
Ranzen	Bauch, meist größere Ausführung

refeln	sich mit Kleinigkeiten, Nichtigkeiten beschäftigen
rigletzen	röcheln
roglat	locker, beweglich, sanft, mürbe, bei Speisen auch flaumig.
Roschlerei	Verlegenheit, Verdruss
rupfen	herausreißen (Hühnerfedern)
Ruckerl	Gänseblümchen
Saunigel	ein Mensch, der sich ungern wäscht; jemand, der mit Vorliebe von schmutzigen, oft sexuellen Dingen redet; ein Kartenspiel (derjenige, der am Schluss noch Karten in der Hand hat, ist ein solcher)
schederwenket	schief, verdreht
Scherm	Nachttopf, wer *»den Scherm aufhot«* ist von großem Pech verfolgt
schiach	hässlich; zu jemandem ungut sein; zornig oder aufgebracht sein
schleanzen	müßig herumgehen, etwas schwingen
schlabutzig	ärmlich; schäbig; abgetragen
schnallen	etwas verstehen, erkennen, begreifen
Schneebrunzer	Schimpfwort
Schoas	sonore Flatulenz
Schölchgfozata	urspr. »Schiefmäuliger« jemand, dem man nicht trauen kann

Semmelbart	ein ordentliches Doppelkinn
spauken	jemanden davonjagen, vertreiben
speanzeln	kokettieren, liebäugeln, blinzeln, versteckt beobachten
Speibats	Erbrochenes, häufig bei Säuglingen und Kleinkindern
spreizen	sich zieren, widerspenstig sein, aber auch angeberisch herumstolzieren
stampern	stoßen; schlagen, stehlen, stapfen
Sterz	steirisches »Nationalgericht«; Zutaten: ½ kg Maisgrieß (Türkensterz) 1½ Liter Wasser, 1 Teelöffel Salz, 4 Esslöffel Butter Zubereitung: Den Maisgrieß erhitzen, dann mit dem gesalzenen, kochenden Wasser aufgießen, den Sterz auf kleiner Flamme am Herd ausdünsten lassen. Zum Schluss können Sie mit wenig Butter den Sterz verfeinern. Tipps: Dazu können Sie Milch, Sauermilch, Buttermilch oder Kaffee trinken!
stiften	wenn jemand stiften geht, dann macht er sich heimlich davon, schleicht sich davon

sumpern	summen, dumpf dröhnen, leise klagen
Tachtel	Ohrfeige
tandeln	kaufen und verkaufen, mit etwas handeln; ein *Tandler* ist ein Händler.
Tatschga	Unke, Kröte; kann aber auch ein »*Feigling*« sein
Tintenscheißer	verächtliche Bezeichnung für einen übereifrigen Beamten
Tomerl	ungeschickter Mensch
Tommerl	ein Mehlteig mit Milch und Eiern, braun und resch gebacken
tramhappert	noch nicht munter
Truchtel	altes hässliches Weib
Trutscherl	dralles Mädchen oder Kind, meist als Kosewort verwendet
Tschantscheln	trödeln, sich mit Kindereien die Zeit vertreiben
urassen	vergeuden, verschwenden
urgach	plötzlich
Urschel	abschätzige Bezeichnung für eine ungeschickte Frau »*bleede Urschl*«
verkiefelt	schwierig, vertrackt
Verreckerl	kleines missratenes Ding oder Wesen (meist für Früchte oder Tiere, selten für Menschen)

Wanzenpress	Steirische Harmonika
Wauckerl	ein hässliches Tier, ekelhafter Mensch, Laus
wirflig	schwindlig, halb bewusstlos
Woaz	Mais, auch »*Türken*«
Wölli	ungehobelter Mensch, aber auch eine der Schnapskarten trägt diesen Namen.
Zoderwaschl	Lump
Zuspanner	1) Tier, das mit im Zug geht, 2) Liebhaber, der die Gunst seiner Freundin mit einem Nebenbuhler teilt.
zwidrig	widerlich, unangenehm

7. Kinder, Kinder!

Kleine, aber auch größere Kinder können ganz schön auf die Nerven gehen, aber wer Kinder in seiner Umgebung hat, der hat auch ständig etwas zu lachen. Dinge die für uns alltäglich sind, müssen die Kinder oft noch lernen, und es macht immer wieder Freude, ihnen dabei zuzusehen und zuzuhören, denn die Sichtweise für Situationen oder der richtige Gebrauch von Begriffen aus dem Alltag muss eben noch gelernt werden. Wir selbst waren auch mal klein und noch nicht so gescheit.

In der Steiermark wollte man den Kindern beibringen, nach der Schrift zu sprechen. Nach 2 Wochen Projektzeit kommt die Lehrerin ins Klassenzimmer und fragt, ob irgendjemand einen hochdeutschen Satz vortragen kann.
Ein Bub meldet sich und meint:
»Heute Morgen kam mein Vater onanierend die Treppe hinunter.«
Die Lehrerin starrt ihn mit riesigen Augen an. Verwirrt bittet sie ihn, den Satz nochmals zu wiederholen. Als er ihn noch 2-mal ausgesprochen hat, meint die Lehrerin verlegen: »Bitte, sag den Satz mal normal im Dialekt, weil ich versteh' KEIN Wort!!!«
Also setzt sich der Bursch noch mal gerade hin und beginnt:
»Na, heit in da Frua hots in Votan bei de Stiagn obegwichst …«

Spielt der Teenager dem Vater die neuste Heavy Metal Platte vor: Teenager: »Na Pappi, hast du schon mal so einen tollen Sound gehört?« Vater: »Ja, das war vor ca.

3 Wochen, als auf einer Kreuzung ein LKW vollbeladen mit Milchkannen mit einem Laster voller Schweine zusammen stieß!«

Ein kleiner Bub sitzt im Bus. Dem Buben gegenüber sitzt ein Mann mit einem gewaltigen Kropf. Der Kleine hat so etwas noch nie gesehen und starrt den Mann ohne Hemmungen an. Dem wird das schließlich zu bunt:
»Bua, woun'st nit bold a Ruah gibst, friss i di!« Meint der Kleine: »Schluck amol z'erscht in andern obi!«

Zwei Buben spielen im Hof. Nach einiger Zeit behauptet der Franzl: »Du, Max, mein Großvater kann heulen, ganz genau wie ein Wolf. Der Maxl kann das nicht glauben und so wird gewettet. Vor der Tür auf der Hausbank sitzt der alte Großvater und döst vor sich hin. Der Franz stellt sich hin und schreit laut, weil der Opa ja doch schon sehr schwerhörig ist: »Großvoda – Weiba!!« »WOUUU?«

»So, Bua! Iatz woast wous die Vouda bei'n Bundeheer so olles leisten hot miassen!« »Sog Vota, za wous hobn de nochand die gonzen ondern Soldaten braucht?«

In der Biologiestunde eines obersteirischen Gymnasiums entspann sich folgender Kurzdialog:
Professor: »Ein Maulesel sieht aus wie ein Esel, der aber wiehert. Es ist also keine sehr nutzbringende Kreuzung. Wer braucht denn schon einen Esel, der wiehert!«
Prompte Antwort eines offensichtlichen Jungpazifisten: »Das Bundesheer!«

Der kleine Peter kommt weinend zur Mutter: »Der Vater hot si' mit'n Hammer auf den Daumen g'haut!« Die Mutter erstaunt: »Deswegn brauchst du doch nit sempern!« Der Sohn: »Zerscht hob i eh g'locht!«

Die Technik hat in eine kleine Pfarrkirche in der Südsteiermark Einzug gehalten. Diesen Sonntag wird die neue Lautsprecheranlage in Betrieb genommen. Es klappt auch alles ganz gut, bis irgendwann mitten in der Messe nichts mehr zu hören ist.
Der Pfarrer klopft auf das Mikrofon und meint: »Ich glaub' mit dem Mikrofon stimmt was nicht?« Wie an dieser Stelle sonst auch antwortet die Gemeinde: »Und mit deinem Geiste!«

8. Darüber lachen Steirerinnen

Selbstverständlich haben auch die Frauen nicht erst seit der Emanzipationswelle eine Fülle von Geschichten, Witzen und Ereignissen über unrasierte, faule und biertrinkende Männer gesammelt. Erfinden mussten sie diese Episoden ja doch nicht. Dieses Kapitel eignet sich also nicht nur als Auffrischung für gemütliche Tratschrunden, sondern eignet sich auch perfekt für Männer, die wissen wollen, wie man sich vielleicht doch nicht verhalten sollte.

Ein ebenso schlagfertiges wie hübsches Mädchen kommt in die Buchhandlung Leykam und will sich Lesestoff für den Sommerurlaub aussuchen. Auf die Frage, wie teuer denn die gewünschten Bücher seien, bekommt sie vom Buchhändler zur Antwort: »Weil Faschingsdienstag ist: Einen Kuss pro Seite.«
Sie lässt sich drei dicke Bücher einpacken und verabschiedet sich mit den Worten:
»Schicken Sie die Rechnung an meine Großmutter ...«

In der Kirche kniet ein junges Mädchen, tief ins Gebet versunken.
»Heilige Jungfrau Maria«, flüstert sie, »du, die du empfangen hast, ohne zu sündigen, gib, dass ich sündigen kann, ohne zu empfangen«.

Ein Kind in der Badewanne. »Mama, wo ist denn der Waschlappen?« Zerstreute Antwort: »Der ist Zigaretten holen gegangen.«

Er liegt neben ihr im Bett und schmachtet sie an: »Sag mir doch bitte die drei Worte, die Liebende für immer aneinander binden!«
Sie sagt kühl: »Ich bin schwanger.«

Sagt eine Frau zur anderen: »Mein Mann ist deprimiert.«
Antwortet die andere: »Meiner ist zwar auch ein Depp, aber prämiert wurde er noch nie!«

Fragt ein Mann eine Frau: »Wiso hobt's es Weiba iberhaupt koan Humor?« – »Des hot der Himmelvota obsichtlich gmocht. Dass miar uns nit über die Männer totlachen.«

Warum haben Männer keinen Busen? – Sie können mit Doppelbelastung nicht umgehen.

Wie nennt man einen Mann mit einem IQ von 50? – Beschenkt.

Unterhalten sich zwei alte Steirerinnen: »Hast du schon mal einen Mann gesehen und dir gewünscht, wieder jung und alleinstehend zu sein?« – »Jo, jeden Tog in d'r Fruah.«

Eine Gruppe von Frauen und eine Gruppe von Männern fahren mit dem Zug zu einer Tagung. Jeder Mann besitzt eine Fahrkarte, dagegen hat die ganze Gruppe der Frauen nur eine einzige Karte. Plötzlich ruft eine der Frauen: »Der Schaffner kommt!«, worauf sich alle Frauen in eine der Toiletten zwängen. Der Schaffner kontrolliert die Männer, sieht, dass das WC besetzt ist und klopft an die Tür: »Die Fahrkarte bitte!«. Eine der Frauen schiebt die

Fahrkarte unter der Tür durch und der Schaffner zieht zufrieden ab.
Auf der Rückfahrt beschließen die Männer, denselben Trick anzuwenden und kaufen nur eine Karte für die ganze Gruppe. Sie sind sehr verwundert, als sie hören, dass die Frauen diesmal überhaupt keine Fahrkarte haben. Wieder ruft eine der Frauen: »Der Schaffner kommt!«. Sofort stürzen die Männer in das eine WC, die Frauen machen sich etwas gemächlicher auf den Weg zum anderen WC. Bevor die letzte der Frauen die Toilette betritt, klopft sie bei den Männern an: »Die Fahrkarte bitte!«

Eine kleine, alte Dame betrat eines Tages die Filiale einer örtlichen Sparkasse. Sie hielt eine Papiertüte in ihrer Hand und erklärte dem Schalterbeamten, dass sie fünf Millionen Euro in der Tüte hätte und diese auf ein neu zu eröffnendes Konto einzahlen wolle. Aber zuerst wolle sie sich mit dem Chef der Bank treffen. Die Dame wurde nach oben geleitet und nach einer kurzen Vorstellung erklärte sie, sie wolle schließlich die Leute erst mal persönlich kennen lernen, mit denen sie Geschäfte mache.
Der Direktor seinerseits fragte sie, wie sie zu so einer großen Summe Geld gekommen sei. »War es eine Erbschaft?«
»Nein«, antwortete sie. »Ich wette«, sagte sie kurz darauf.
»Sie wetten?«, antwortete der Direktor. »Auf Pferde?«
»Nein«, antwortete sie, »auf Leute.«
Als sie seine Verwirrung bemerkte, erklärte sie, dass sie auf unterschiedliche Dinge mit Leuten wette, und machte ein Beispiel: »Ich wette mit Ihnen um 50.000 Euro, dass Ihre Eier bis morgen Früh um 10 Uhr quadratisch sind.«
Der Direktor schlussfolgerte für sich, dass die Frau wohl einen Dachschaden haben müsse und entschloss sich, die Wette anzunehmen.

Punkt 10 Uhr am nächsten Tag kam die kleine alte Dame in sein Büro – in Begleitung eines jungen Mannes. Als der Direktor fragte, wer das sei, stellte sie ihm den Mann als ihren Rechtsanwalt vor, den sie immer mitnehme, wenn es um hohe Geldbeträge gehe. »Also«, fragte sie, »jetzt zu unserer Wette.«
»Ich weiß nicht wie ich es Ihnen erklären kann, aber ich habe keinerlei Veränderungen an mir feststellen können«, sagte der Direktor. »Lediglich, dass ich um 50.000 Euro reicher bin!« Die Dame schien das zu akzeptieren, bat jedoch um Verständnis, dass sie das persönlich überprüfen müsse. Der Direktor hielt diese Forderung für angebracht und ließ seine Hosen herunter. Die Dame bückte und griff dann selber nach den »Familienjuwelen«. Und tatsächlich, alles war in bester Ordnung.
Der Direktor schaute auf und sah den Rechtsanwalt seinen kreidebleichen Kopf gegen die Wand schlagen. »Was ist los mit ihm?«, fragte er besorgt. »Oh«, sagte sie, »ich habe mit ihm um 500.000 Euro gewettet, dass ich heute Morgen um Punkt 10 Uhr dem Direktor der Sparkasse mit seinem vollen Einverständnis an die nackten Eier greifen würde ...«

Eine erfahrene Mutter gibt ihrer Tochter gute Ratschläge mit auf den Lebensweg: »Männer sind wie Bodenfliesen, wenn man sie beim ersten Mal richtig flach legt, kann man ein Leben lang darauf herumtrampeln.«

Resi kommt gut gelaunt von der Arbeit nach Hause. »Du Schatz, im Büro haben sie heute gesagt, dass ich sooo schöne Beine habe.« Er: »Ach, und von deinem dicken Arsch haben sie nichts gesagt?« »Nein, tut mir leid, von dir war nicht die Rede ...«

9. Darüber lachen Steirer

Kochen, putzen, Wäsche waschen! So hätten natürlich manche Steirer am liebsten Ihre Frau. Selber denken ist für Frauen nicht angebracht, denn dann funktioniert das System nicht mehr. Absolut glatt läuft es eigentlich in den wenigsten Beziehungen und schon gar nicht im Alltag. Die typischen Probleme spiegeln sich in den Witzen dieser Kategorie wider. Immer jedoch mit dem Hintergedanken: Es geht nicht mit, aber auch nicht ohne ...«

Ein Bergbäuerlein lag im Sterben. Mehr als vierzig Jahre hat er sich vor seinem Weib ducken müssen, ist oft und oft wie ein Häuflein Elend auf der Ofenbank gehockt und hat das Donnerwetter seiner »besseren« Hälfte auf sich niederprasseln lassen.
Jetzt geht es auf den Tod zu und seine Alte sitzt am Bett und weint und fragt und weint in einem fort. Zuletzt fragt sie: »Kennst mi no?« »Ja« folgt es hauchdünn. »Wer bin i denn?« fragt sie wieder. »A Luada!« Damit verschied er.

Da hat amal a Mann in Dokta hol'n lassn, weil sei Frau recht krank war. Der Dokta hat's genau untersuacht. Wia a außakummt aus'n Schlafzimmer, geht er auf'n Mann zua, gibt eah'm d'Hand und sagt: »Machen Sie sich auf das Schlimmste gefasst.« Da macht der Mann an tiaf'n Seufzer und sagt: »Also do, glaub'n der Herr Dokta dass's wieda g'sund wird?«

Ein Ehepaar aus der Stadt verbringt einen Urlaub auf dem Bauernhof. Eines Tages stehen sie zusammen mit dem

Bauern an der Koppel und beobachten den Zuchtbullen beim Decken der Kühe.
Fragt die Ehefrau den Bauern: »Sagen Sie mal, wie oft kann der eigentlich so am Tag?«
Bauer: »Oooch, wenn's sein muss, an die 20 Mal.«
Sie: »Hast du gehört, Alter!?«
Fragt er den Bauern: »Aber doch nicht immer mit derselben Kuh?«
Bauer: »Nein, natürlich nicht.«
Er: »Hast du gehört, Alte ...«

Ein wortkarger Bergbauernbursch ist frisch verheiratet und reitet mit seiner Braut Richtung Hof. Unterwegs strauchelt das Pferd. Der Bauer: »EINS.«
Die Braut wundert sich, sagt aber nichts. Ein paar Minuten später strauchelt das Pferd wieder. Darauf der Bauer: »ZWEI.«
Kurz vor dem Hof strauchelt das Pferd zum dritten Mal. Der Bauer steigt ab, sagt: »DREI« und erschießt das Pferd.
Darauf die Braut entsetzt: »Warum hast du das arme Pferd erschossen?«
Antwort des Bauern: »EINS ...«

In der Weststeiermark, in der Gegend um Stainz, gedeiht der hellrote Stainzer Schilcher, den nur Kenner zu schätzen wissen. Er ist wie die Leute in der Gegend: herb, gesund und kräftig. Er ergibt wundervolle Räusche und steht im Verdacht, dass er die Rauflust steigert. Da kann es schon einmal passieren:
Zwei Bauerburschen, voll des süßen Weines, begegnen einem fremden Burschen aus einem anderen Dorf.
»Simmerl, kennt du den?«

»Na, kennst'n du?«
»Na.«
»Dann werdn man ins Kraut tretnan.«

Der Dachstein ist sicherlich eines der beindruckendsten Naturschauspiele der Obersteiermark. Einer der einheimischen Bergführer führt eine Touristengruppe zu den mächtigen Gletschermoränen und erklärt: »Alle diese gigantischen Steinmengen hat der Gletscher hier abgelagert.« Auf die Frage: »Und wo ist der Gletscher jetzt?« folgt die einleuchtende Antwort: »Wieder hinaufgegangen – neue holen!«

Zwei Steirer versuchen sich als Geldfälscher. Die ganze Nacht hindurch drucken sie Banknoten. In der Früh kommen die beiden drauf, dass alle Banknoten unbrauchbar sind, da diese lauter 150er Scheine darstellen. Da haben sie eine Idee und fahren damit ins Burgenland, weil sie meinen, dass die Burgenländer sowieso nicht draufkommen, wenn sie Falschgeld untergejubelt bekommen.
So sagt dann der Steirer-Franzl zum Steirer-Pauli: »Hörst, du musst das so machen! Zuerst gehst in ein Geschäft und kaufst Dir Lutscher um einen Euro! Dann musst du auf 150 Euro 149 Euro z'rückbekommen!«
Sagt der Steirer-Pauli dazu: »Suppa Idee!« und marschiert los in ein Geschäft der nächsten burgenländischen Ortschaft.
Als er zurück kommt sagt er: »I waas net ob des so guat war? I hob an Lutscha mit an Hundatfuffzga zoit, und hob daun zwa Siebzga und oan Neina zruck griagt ...!«

Zwei Füchse, ein Kärntner und ein steirischer Fuchs, sitzen in der Falle. Schlägt der steirische Fuchs vor, sich den

Haxen abzubeißen. Das ist immer noch besser, als vom Jäger erschossen zu werden. Später kommt er wieder vorbei und der Kärntner Fuchs sitzt noch immer in der Falle. Warum? »Ich habe mir schon 3 Beine abgebissen und komme immer noch nicht los.«

Ein Gast betritt ein Weizer Hotel, ein kleiner Hund springt bellend an ihm rum. Der Gast fragt den alten Portier:
»Beißt Ihr Hund?«
»Na, der beißt net.«
Der Gast bückt sich zum kleinen Hund, um ihn zu tätscheln. Sofort verbeißt sich der Hund in die Hand des Gastes.
»Aber Sie haben doch gesagt, Ihr Hund beißt nicht.«
»Des is jo a net mei Hund ...«

Die neue Koralmbahnlinie soll doch endlich gebaut werden. Der Ingenieur verhandelt mit dem Bauern: »Ich muss Ihnen leider mitteilen, dass die neue Bahnlinie genau durch Ihr Haus führt. Natürlich werden Sie gebührend entschädigt!«
Da meint der Huaber-Bauer trocken: »Über das Geld können wir später reden, aber glauben Sie ja nicht, dass ich jedes Mal die Tür aufmache, wenn ein Zug kommt!«

Tolle Stimmung bei der Veranstaltung, nur zwei Steirer sitzen da und tanzen nicht. Zwei Damen quirlen bei der Damenwahl am Tisch vorbei: »Na, was ist, wollen wir?« Antwort: »Nein, wir sind Turniertänzer!« »Ach so und warum tanzen sie dann nicht bei so einem Event?« »Turniertänzer heißt bei uns: I tua nia daunzn! Gell. Pfiat di ...«

Ein Kärntner hat einen kleinen Affen auf der Schulter und will einkaufen. Die Verkäuferin: »Das geht doch nicht, junger Mann, Sie müssen den Affen draußen lassen, er richtet nur Schaden an!« O. K. denkt sich der Kärntner und geht zur Eingangstür. Dort kommt ihm eine hübsche junge Steirerin entgegen. Der Kärntner stellt sich kurz vor und bittet die Dame eine kurze Zeit auf den kleinen Affen aufzupassen. Die Dame willigt ein und wartet mit dem kleinen Affen vor der Eingangstür. Da kommt plötzlich ein älterer Herr vorbei und stellt die Frage, woher denn der Affe stamme. Die junge Dame antwortet kurz: »Von einem Kärntner Burschen!« Daraufhin kontert der ältere Herr: »Um Himmels willen, hat man das nicht vorher mittels Ultraschall feststellen können?«

Ein Weststeirer kommt zu Kastner & Öhler um eine Krawatte umzutauschen. Die Verkäuferin meint: »Aber warum denn, diese Krawatte ist modern und passt hervorragend zu Ihrem Anzug!?« »Ja schon, aber sie is' viel zu eng!« ist die einleuchtende Antwort.

Ballettprobe an der Grazer Oper. Die Tänzerinnen stehen in einer Reihe nebeneinander. »Das linke Bein anheben und gerade nach vorn strecken!«, lautet die eindeutige Anweisung. Eine der Tänzerinnen hebt vor Aufregung ihr rechtes Bein, so dass es parallel zum linken Bein der Nachbarin herausragt. Darauf schreit der Ballettleiter: »Welche Pflaume hat denn da beide Beine gehoben?«

Der Ferdl trifft zwei Freunde: »Sog amal, wann kummst jetzt endlich und holst dir die Stainzer Platten ab, de du von mir hobn wolltest?« »Ja woast, den Traktor hät i' schon« meint der eine, als ihm der Dritte ins Wort fällt.

»Und dann brauchst no an Dolm, der dir die Platten auflodet!« »Ja, und dabei hob i an di denkt!«

Eine Wachmannschaft bekommt Besuch vom zuständigen Standortoffizier. Bei der Standeskontrolle fragt der Major nach der Meldung, ob es irgendwelche besonderen Wünsche oder Beschwerden gibt. Die versammelte Truppe beschwert sich, dass das Essen immer mit starker Verspätung und außerdem auf einem dreckigen Lastwagen, in dreckigen Behältern und überhaupt in zweifelhaftem hygienischem Zustand ankommt. Der Herr Major antwortet: »Meine Herren, Untersuchungen haben ergeben, dass der Mensch im Jahr bis zu zwei Kilogramm Dreck zu sich nimmt!« Prompt erklingt die Stimme aus dem letzten Glied: »Wissen wir, aber nicht auf einmal!«

Eine Steirerin in den besten Jahren reist mit dem Bauernbund zu einer Bildungsreise nach Kanada. Nach einer längeren Abendveranstaltung irrt sie sich in der Zimmertür und steht plötzlich vor einem nackten Mann. Erschreckt will sie sich entschuldigen, da sagt der Nackte höflich: »Aber gute Frau, ich bin doch nicht nackt, ich trage das Kleid der Liebe!« Die Frau ist beeindruckt und denkt sich: »Des wear i mir merken, vielleicht kann ich so dahoam a bis'l an Schwung eini'bringen.« Als sie wieder zuhause ist, empfängt sie auch wirklich ihren Sepp, am Abend als er vom Feld kommt, völlig hüllenlos und auf Sepps Frage warum sie denn nackt sei, bekommt er zur Antwort: »Ich trage das Kleid der Liebe!« »Ah so, oba bügeln hät'st es vorher schon können.«

»Sag mal, mit Nachbars Ehe ist es ja wohl nicht so toll, oder?«

»Doch, sie haben doch blecherne Hochzeit gefeiert.«
»Blecherne Hochzeit?«
»Ja, zehn Jahre aus der Blechbüchse gegessen. Sie wirft ihm das Trinken vor, er ihr das Essen nach.«
»Ja, aber ich hab' sie doch letztens gesehen, da haben sie so einträchtig Holz zusammen gesägt.«
»Oh nein, da haben sie die Möbel geteilt!«

Der Wirt fragt den alten Bauern, warum er denn um 12 Uhr mittags schon trinke.
Der Bauer murmelt: »Einige Sachen kann man einfach nicht erklären!«
O. K. sagt der Wirt und fragt, was denn so Schlimmes passiert sei.
Der Bauer erzählt: »Ich habe heute Früh die Kuh gemolken, und gerade als der Eimer voll war, hat sie mit ihrem Bein den Eimer umgestoßen.«
»Naja«, sagt der Wirt, »aber das ist doch nicht sooo schlimm!«
Bauer: »Einige Sachen kann man einfach nicht erklären!«
»Was war denn noch?«
Bauer: »Na, ich habe ihr Bein am rechten Pfosten festgebunden.
Und dann habe ich sie noch mal gemolken. Aber gerade als der Eimer wieder voll wurde, hat die Kuh ihn mit dem linken Bein umgestoßen.«
Der Wirt ist noch nicht verwundert und sagt: »Na und!«
Bauer: »Einige Sachen kann man einfach nicht erklären! Ich habe ihr linkes Bein einfach am linken Pfosten festgebunden und wieder angefangen zu melken. Aber gerade als der Eimer wieder voll wurde, hat dieses blöde Tier ihn mit dem Schwanz umgehauen.«

Der Wirt fängt schon an zu lachen und sagt: »Schon wieder? Das ist echt Pech!«
Bauer: »Jetzt hatte ich ja kein Seil mehr übrig. Da habe ich einfach meinen Gürtel genommen, mich auf den Hocker gestellt und will gerade den Schwanz am Dachbalken festbinden, – da rutschte jedoch meine Hose runter und meine Frau kam herein. Einige Sachen kann man einfach nicht erklären!«

10. Einfach nett

Ein Witz (v. althochdt.: wizzi Wissen) ist ein kurz formulierter Sachverhalt, der in der »Pointe« die plötzliche Option eröffnet, dem angebotenen Sachverhalt nicht mehr mit dem gebotenen Ernst zu begegnen. Diese Worterklärung aus dem Lexikon klingt ganz eindeutig so, als müsste schon darin der erste Witz gefangen sein. Sie ist aber ganz ernst gemeint und in diesem Sinne finden sie hier einfach die »netten« Geschichten, die den anderen Kapiteln nicht zuordenbar sind.

In der Karlau:
Direktor: »Wie konnte der Häftling aus Zelle 52 ausbrechen?«
Wärter: »Er hatte den Schlüssel!«
Direktor: »Was? – Gestohlen?«
Wärter: »Nein, ehrlich beim Schnapsen gewonnen!!!«

Warum dreht ein Steirer die Stereoanlage immer laut auf?
Na weil am Lautstärkenreger »voll ume« drauf steht.

In der Steiermark werden Hochspannungsleitungen über Land verlegt. Kommt ein Kärntner am Ort des Geschehens vorbei, lacht, geht weiter. Kommt der zweite vorbei, lacht, geht weiter. Der dritte kommt, bleibt stehen und lacht schallend – er kriegt sich gleich gar nicht mehr ein. Da fragt ihn einer der Arbeiter, was denn daran so komisch sei. »Naja«, sagt er keuchend, »ihr hängt den Zaun so hoch, dass alle Kühe unten durchlaufen ...«

Der Doktor sagt zum Patienten, der aus der tiefsten Oststeiermark kommt: »So, für ein Checkup bräuchten wir eine Sperma-, Urin-, Stuhl- und eine Blutprobe.«
Patient: »Ja dann reicht's wohl, wenn ich die Lederhose dalasse?«

Nach vielen Jahren treten wieder einmal 3 Steirer zur Matura an! Prüfer zum ersten: »Was ist schneller? Licht oder Schall?« Steirer: »Na ja der Schall!« Prüfer: »Warum?« Steirer: »Wenn ich den Fernseher einschalte, kommt zuerst der Ton und dann das Bild!« Prüfer: »Durchgefallen!« Zweiter Steirer tritt an. Prüfer: »Was ist schneller? Licht oder Schall?« Steirer: »Licht« Prüfer begeistert: »Ja und warum?« Steirer: »Wenn ich das Radio aufdrehe kommt zuerst das Licht und dann der Ton« Prüfer: »Durchgefallen!« Dritter Steirer tritt an. Prüfer: »Was ist schneller? Licht oder Schall?« Steirer: »Ganz klar das Licht« Prüfer gespannt: »Ja und wo sieht man das?« Steirer: »Beim Gewitter, da kommt zuerst der Blitz und dann der Donner« Prüfer voll Freude: »Und warum ist das so?« Steirer: »Ja weil die Augen weiter vorn sind als die Ohren.«

Nach dem Lokalderby Sturm gegen GAK ruft entnervt der Sturm-Trainer Milan Petrovic beim GAK-Trainer an und fragt: »Sag mal, wir haben ein Motivationsproblem, hast du irgendein Geheimrezept?« Lars Söndergaard antwortet: »Als die Spieler schlecht in Form waren, habe ich sie gegen elf Mülltonnen spielen lassen. Das hat gewirkt!« Petrovic probiert es aus und ruft zwei Tage später wieder bei Söndergaard an: »Lars, was soll ich dir sagen, wir haben 0:2 verloren!«

Franz ist glücklich. Er hat nach langer Arbeitslosigkeit

endlich einen neuen Job bei der Stadt bekommen. Er darf die Parkuhren ausleeren. Er ist schon seit fünf Wochen im Amt, hat aber noch kein einziges Mal abgerechnet.
Sein Chef ruft ihn an. »Wo bleiben sie denn? Sie haben sich ja noch nicht einmal Ihr Gehalt abgeholt.« »Wos, ruft Franz erstaunt, an Gehalt kriag i ah no?«

Bär: »Wenn ich brülle, zittert der ganze Wald« Da antwortet der Löwe: »Wenn ich brülle, zittert die ganze Wüste!« Daraufhin kichert das Huhn: »Und wenn ich huste, zittert die ganze Welt!!!«

Missverständnis am Telefon:
»Halloween« – »Hallograz«

Das Ehepaar ist in die Jahre gekommen. Eines Tages muß die Bäuerin den Stall vom Kaltbluthengst ausmisten. Das Pferd scheut, tritt aus und tötet die Bäuerin.
Auf der Beerdigung ist ein Tourist, der sich alles ansieht. Dabei fällt ihm auf, dass der Bauer bei den Frauen immer mit dem Kopf nickt, bei den Männern aber immer den Kopf schüttelt.
Hinterher fragt er ihn: »Sagt mal, warum habt Ihr bei den Frauen immer mit dem Kopf genickt, bei den Männer immer den Kopf geschüttelt?« – »Na ja«, sagt der, »Die Frauen haben immer gesagt: Mein Beileid. Und die Männer: Hast du dein Pferd noch?«

Tourist: »Gibt es einen ungefährlichen Weg zum Berggipfel hinauf?«
Bauer: »Gehen's einfach den Kuhfladen nach. Wo die Rindviecher gehen, kann Ihnen auch nichts passieren.«

11. Die lieben Nachbarn

Jeder kennt einen, unzählige sind im Umlauf: Witze über die Nachbarn. Die Steiermark ist in der besonders glücklichen Lage, zwei Nachbarn zu besitzen, die österreichweit als Zielobjekte äusserst beliebt sind: Burgenländer und Kärntner. Sigmund Freud hat in seinem Werk »Der Witz und seine Beziehung zum Unbewussten« die Theorie aufgestellt, dass der Ursprung von (Nachbarschafts-) Witzen in verdrängter Aggression liegt. Ohne eine wissenschaftliche Diskussion zu entfachen: Wir Steirer behaupten, im Gegensatz zu Freud, dass wir unsere Nachbarn mögen und akzeptieren, wie sie sind.

Man hat jetzt endlich herausgefunden, wo die Grenze zwischen Genie und Wahnsinn liegt: Von Graz kommend, auf der Pack!

Im Gebiet der Koralpe treffen immer wieder steirische und Kärntner Jäger an den Grenzen ihrer Jagden aufeinander. Der Kärntner fragt seinen steirischen Kollegen: »Sie, was glauben S' wie viele Hasen ich gestern auf unserer Treibjagd geschossen hab?« »Nur die Hälfte«, sagt der drauf verdrossen.

Ein Burgenländer findet auf seinem Feld einen Pinguin. Er geht damit zum Bürgermeister: »Hearst du, Burgamasta! Du, i hob do auf mei'm Föd an Pinguin g'fund'n, wos moch' i denn jetzt mit eam?« Meint der Bürgermeister: »Waaßt wos, foahrst mit eam auf Stubenberg, bringst'n in Tiagoart'n Herberstein!« Ein paar Tage später geht der Bürgermeister wieder durch den Ort, sieht er doch da den

Burgenländer MIT DEM PINGUIN bei der Bushaltestelle.
Er geht zu ihm hin: »Hearst, hob i dia net vor a poar Tog g'sogt, Du soist den Pinguin zur Gräfin in Tiagoart'n Herberstein bringan?« Darauf der Burgenländer: »Jo, des hob i eh g'mocht! Heit geht's in d'Landesausstellung!«

Ein Kärntner kommt mit einem Papagei auf der Schulter über die Pack. Da fragt ihn der erste Steirer, der ihn trifft: »Oh, ein wunderschönes Exemplar! Kann der auch reden?«
Antwortet der Papagei: »Keine Ahnung, ich habe ihn erst seit zwei Tagen.«

Ein Steirer kommt in ein Gasthaus: »Griaß eich olle mitanond, kennts es scho den neiasten Burgenländerwitz? Also: ...« Bevor er weitererzählen kann, erhebt sich ein bärenhafter Typ und sagt mit drohender Stimme:
»Also ... ich bin der burgenländische Schwergewichtsmeister im Boxen, der drahtige Typ da am Tisch ist der Karatemeister von Oberwart, neben ihm sitzen der Bürgermeister, der Landeshauptmann und der Polizeichef ... wollen Sie noch immer einen Burgenländerwitz erzählen?!«
»Na, jetzt is ma die Lust vergongen«, sagt der Steirer, »fünfmol den gleichen Witz erklären is fad ...«

Ein Burgenländer, ein Steirer und ein Kärntner sitzen auf einer Brücke und haben Mittagspause.
Burgenländer: »Wenn ich heute schon wieder Wurst auf meinem Brot habe, springe ich die Brücke runter.« Er schaut zwischen die Brotscheiben ... Wurst. Er springt und ist tot.
Der Steirer: »Seit 2 Jahren hab ich jeden Tag Käse auf dem

Brot. Wenn jetzt wieder Käse drauf ist, spring ich auch.« Er schaut ... Käse ... er springt und ist tot.
Kärntner: »Wenn heute wieder nur Butter drauf ist, spring ich auch. Er schaut ... Butter ... und springt.«
Auf der Beerdigung begegnen sich die 3 Frauen der verstorbenen Arbeitskollegen. Die Burgenländerin: »Hätte ich gewusst, dass er keine Wurst will, hätte ich ihm auch mal Käse drauf getan ...«
Die Steirerin: »Hätte ich gewusst, dass er keinen Käse mehr will, hätte ich ihm Wurst drauf getan.«
Die Kärntnerin: »Ich hätt's auch verhindern wollen. Aber mein verstorbener Mann hat sich seine Brote immer selbst geschmiert ...«

Ein Burgenländer bei McDonald's: Burgenländer: »A Hendl bitte!« McDonald's: »Chicken?« Burgenländer: »Net schicken – i iss glei do!«

Was ist der Unterschied zwischen einer burgenländischen und einer steirischen Jauchengrube? Die burgenländische hat ein Sprungbrett!

Zwei Kärntner Jäger erlegen ein Wildschwein. Zum Tragen ist es zu schwer. Also ziehen sie es an den Hinterläufen zu ihrem Wagen. Da kommt ein Wanderer vorbei und fragt, was sie da machen. Sie erklären die Situation. Meint der Wanderer: »Ihr Togger, wenn ihr an den Hinterläufen zieht, richten sich die Borsten auf und es geht doppelt schwer.« Das leuchtet den beiden ein. Sie greifen sich die Vorderläufe und ziehen. Nach zehn Minuten meint der eine: »Waren wir vorhin nicht schon näher am Auto?«

Es ist Samstag kurz nach Mitternacht. Zwei Burgenländer stehen in Graz vor der Postgarage. Sie wollen ins Burgenland fahren! Nachdem um diese Zeit kein Bus mehr fährt, entschließen sie sich, die Garage aufzubrechen um einen Bus zu stehlen. Sie schaffen es tatsächlich. Einer der beiden Burgenländer fährt mit dem ersten Bus heraus, dann stellt er auch noch den zweiten und den dritten Bus vor die Garage. Fragt der andere: »Bist Du schon ganz verrückt, warum stellst Du die Busse heraus? Wir können ja auch den ersten nehmen!« Sagt der eine: »Weißt du der Bus nach Oberwart steht ganz hinten!«

Ein Burgenländer gibt seinen Lottoschein ab. Auf dem Nachhauseweg trifft er eine gute Fee und wie das so ist, sagt die Fee: »Du hast einen Wusch frei«. Da bittet der Burgenländer: »Ich hätte gerne die Kleine Zeitung vom nächsten Montag, mit den Lottozahlen!« ZACK! Er hält die Zeitung in der Hand, vergleicht die Zahlen und sagt schließlich: »Scheiße, schon wieder nur 1 Richtiger!«

Vor langer Zeit im Himmel ist der liebe Gott seit 6 Tagen nicht gesehen worden. Am 7. Tag findet der heilige Petrus den lieben Gott und fragt: »Wo waren Sie denn in der letzten Woche?« Gott zeigt nach unten durch die Wolken und sagt stolz »Schauen Sie mal, was ich gemacht habe!« Petrus schaut hinunter und fragt »Was ist das?«
Gott antwortet: »Es ist ein Planet, und ich habe Leben darauf gesetzt. Ich werde ihn Erde nennen und er wird eine Stelle unheimlichen Gleichgewichts sein!« »Gleichgewicht?« fragt Petrus. Gott erklärt, während er auf unterschiedliche Stellen der Erde zeigt, zum Beispiel, Nordamerika wird sehr wohlhabend, aber Südamerika sehr arm sein. Dort habe ich einen Kontinent mit weißen Leu-

ten, hier mit schwarzen. Manche Länder werden sehr warm und trocken sein, andere werden mit dickem Eis bedeckt sein«.

Petrus ist von Gottes Arbeit sehr beeindruckt. Er schaut sich die Erde genauer an und fragt: »Und was ist das hier?«

»Das« sagt der liebe Gott »das ist die Steiermark! Die schönste und beste Stelle auf der ganzen Erde. Da werden nette Leute, traumhafte Wälder, idyllische Berglandschaften und gemütliche Buschenschanken sein und es wird ein Zentrum für Kultur und Geselligkeit werden. Die Steirer werden nicht nur schöner, sie werden auch intelligenter, humorvoller und geschickter sein. Sie werden sehr gesellig, fleißig und leistungsfähig sein.

Petrus ist zutiefst beeindruckt, fragt Gott jedoch »Aber Himmelvater, was ist nun mit dem Gleichgewicht?« »Machen Sie sich keine Sorgen« sagte Gott, »... gleich nebenan habe ich Kärnten hingesetzt!«

Zwei Kärntner haben eine Woche Urlaub und beschließen am Wörtersee fischen zu gehen. Da sie keine Ausrüstung besitzen, wird alles Nötige gemietet. Angeln, Rolle, Fischerstiefel, ein Boot, und damit es nicht zu weit ist, auch gleich eine Fischerhütte am Strand. Am ersten Tag fangen sie nichts. Am zweiten dasselbe Ergebnis. So geht es leider die ganze Woche, bis einer am letzten Tag wenigstens einen kleinen Fisch an Land bringt.

Auf der Fahrt nach Hause sagt der eine: »Is dir eh kloar, das des klane Fischl uns 1.200 Euro kost hot?« »Wos? 1200 Eiro, do ko man von ane Glück redn, dass man net mehr gfongan hobn.«

12. Politisches

Das Weiße Haus entdeckte in diesen Wochen einen dritten weltpolitischen Krisenherd und blickt gebannt in die Steiermark.
Neulich im Oval Office:
Bush-Beraterin Condoleezza Rice: Dabblju, Dabblju, we have another politische Krise.
Mr. President: Damned, haben sie Florida jetzt doch noch korrekt ausgezählt?
Rice: No, a new Problem: Es geht um Graz.
Mr. President (betroffen): Grass ... Well, yes, I smoked, but I did not inhale.
Rice: No, Graz!!! The Hauptstadt of Styria.
Mr. President: Syria. No Problem, wenn wir schon in der Gegend sind, dann können wir Styria gleich mitbombardieren.
Rice: Styria, das liegt in Europa.
Mr. President: Bombardieren wir auch. Die sind ohnehin gegen alles, die in Europa.
Rice: Das geht nicht!
Mr. President: Warum nicht?
Rice: Wir bauen Grand Cherokee Jeeps in Graz.
Mr. President: Cool, nur in Jeeps kann man den Cowboyhut aufbehalten – und in Panzern. Na gut, dann bombardieren wir halt nicht. Was ist eigentlich das Problem in Grass?
Rice: Communists, Mr. President. Plötzlich waren zehntausende Communists da.
Mr. President: Communists? Diese russischen Vietcong-Schlitzaugen? Die gibts noch?

Rice: Nur noch in Graz und Pjöngjang. Wir vermuten, dass Graz die Kommunisten jahrelang versteckt hielt.
Mr. President: Sind die in Graz bewaffnet?
Rice: ... nun ja, Arnold Schwarzenegger ist aus Graz und der ist in jedem Film bis an die Zähne bewaffnet.
Mr. President: Toll, diesen Beweis werden wir dem UN-Sicherheitsrat vorlegen. Ein Glück, dass Arnie rechtzeitig vor den Kommunisten flüchten konnte. Gibt es Kernwaffen oder Öl in Grass?
Rice: Laut CIA beides.
Mr. President: Kernwaffen, Öl! Ich muss Dad anrufen.
Rice: Unsere Waffeninspektoren haben sogar schon Herstellungsanleitungen für ein ominöses »Kern-Öl« gefunden.
Mr. President: Kern-Öl, das klingt jetzt wirklich gefährlich.
Rice: Ja, Austria ist zwar nicht auf unserer Schurkenstaaten-Liste, aber sie haben in Austria nicht mal eine demokratisch gewählte Regierung, die das letzte Wahlergebnis wiedergibt.
Cheney: ... die haben wir auch nicht.
Mr. President: Kern-Öl ... Es braucht vermutlich nur ein Fläschchen, einen Kanister, den man ins Land schleust, und wir sind dran. Wenn diese Kommunisten das gesamte Nuklear-Öl nicht vernichten, werden wir zur Sicherheit unseres Volkes eine Koalition anführen, Grass zu entwaffnen.
Rumsfeld: Das wäre kein großer Aufwand. Wir könnten Graz jeden Tag bei unseren illegalen Überflügen einfach so im Vorbeifliegen bombardieren.

Im Büro des Grazer Bürgermeisters.
»Schreiben Sie bitte ›Wichtig – unbedingt lesen!‹ ganz groß außen drauf, Fräulein Bechler. Ich möchte, dass alle im Gemeinderat informiert sind.«

»Herr Bürgermeister, dann ist es besser wenn ich draufschreibe: ›Geheimsache, streng vertraulich!‹ ...«

Zwei Politiker aus dem steirischen Landtag unterhalten sich. Fragt der eine: »Herr Kollege, was sagten Sie doch neulich in ihrer großartigen Rede über die Jugendarbeitslosigkeit?«
»Ich, nichts.«
»Das ist mir schon klar. Ich wollte nur wissen, wie Sie es formuliert hatten ...«

Stoßgebet eines Angestellten in der Landesregierung: »Hilf mir aufzupassen, auf wessen Füße ich heute trete, da sie eventuell zu dem Hintern gehören könnten, in den ich möglicherweise schon morgen hineinkriechen muss.«

»Hochwürden, ich bin aus der ÖVP ausgetreten«, gesteht der Sterbende.
»Das ist doch nicht so schlimm«, tröstet der Pfarrer.
»Noch was, Hochwürden! Ich bin in die SPÖ eingetreten.«
Jetzt ist der Geistliche aber ehrlich entsetzt:
»Warum hast du denn das gemacht?«
»Ja mei«, sagt der Bauer, »ich hab' mir gedacht, lieber stirbt einer von denen, als einer von uns.«

Ein PKW wird in Spielfeld vom Zoll angehalten. »Ihre Papiere bitt'schön« Der Fahrer gibt dem Zöllner seine Brieftasche, der schaut kurz hinein und wirft sie in den Mistkübel. Darauf ein zweiter Zöllner: »Dös kaunst doch net mochn!« Antwortet der erste Zöllner: »Lauter Folschgöld!« Zweiter Zöllner: »Glaubst wuhl?« Erster Zöllner: »Host du scho amol an Fuchzga mit zwa Nullen gsegn.«

13. Frivol bis deftig

Natürlich spielt auch das Menschlich- allzu Menschliche in der Steiermark eine große Rolle. Manchmal recht direkt, aber meistens mit einem zwinkernden Auge. Dennoch möchte ich doch gerne wissen, welcher Leser genau dieses Kapitel auslassen wird.

Der Spittelberg in Wien war zu seiner Zeit wohl eines der berühmtesten Viertel, wo sich mehr oder weniger keusche Damen ihr Brot verdienten. In einem der Häuser stand einst zu lesen:

Die steirschen Menscha,
Die liegn aufn Klee,
Sie recken von weitn
Scho d'Haxen in d'Höh.

Auch Peter Rosegger hatte zu diesem Thema einiges zu sagen. Unter anderem stammt von ihm der »Vierzeiler für einen Herrenabend«

I han a Schwoagerin g'segn soach'n
zwanz'g Meter Leinwand hätt ma kinna damit bloach'n
a Sagwerk und a Mühl hätt's a no trieb'n
und extra waar a Bachl übrigblieb'n.

Wie einfach das Leben zu nehmen ist, zeigt folgender Vierzeiler: Dirndl, muaß i'aufisteig'n
Oda willst a Jungfrau bleibn?
Na Bua steig zua,
Bin Jungfrau g'wes'n gnua.

Heirat'n mag i net,
Hab's scho betracht;
I schlaf liaba ban Deandl
Und gib a wenig Acht.

Komplimente

Feschas Dirndl, sou schön baut,
daß's schön wurlt,
wann ma schaut!
oho
Feschas Dirndl, kennst dih aus?
Balkon wia a Tirulerhaus!
aha
Oan Wunsch, liabs Dirndl hob ih schon:
Giaßkaonndl spüln auf dein Balkon!
oho
Feschas Dirndl, a Figur,
wia für'n Säufer Whisky pur!
Von der Fersn, bis zan Schoß,
kaonn ma sogn: Makellos!
aha
Feschas Dirndl, sou schön dünn,
wia a Schönheitskönigin!
Scha koa Fehler, net a wenkl,
bis zan letztn Ort van Schenkl!

Steirische Hochzeitsnacht! Der Bauernbua fragt seinen Vater heimlich und schon recht nervös am Abend seiner Hochzeitsfeier:
»Du, i moan, i woaß jo ned – sog, wia duad ma denn do mit de Weiba, die Soche mit dem Sex. Woaßt scho! Geh bitte, sog ma's hoid, i hon jo koa Ohnung.«
Der Vater: »Du, koa Sorg, zerscht streichelst 'as a Zeitl,

donn legst 'as aufs Bett, ziagst 'as aus und donn nimmst dei bestes Stück und foast damid do eini, wo 'd Menscha Lulu mochan.«
Der Bauernbua rennt vor Glück und Erleichterung zu seiner Braut, schleift sie auf'n Hof, streichelt sie, legt sie nieder, ziagt sie aus, geht in den Hof hinunter, nimmt den Traktor und foarts Scheißheisl nieder.

Ein Südsteirer kommt nach Graz und möchte sich einmal die Großstadt ansehen. Wie er gerade ein Kaufhaus betreten will, da öffnet sich die Tür wie von Geisterhand bewegt.
»Ja, da Waaansinn, da Waaansinn!«
Kommt er drinnen an die Treppe und will hinaufsteigen. Da fängt die Treppe an zu laufen und trägt ihn nach oben.
»Ja, da Waaansinn, da Waaansinn!«
Er ist so angetan von den technischen Errungenschaften, dass er beschließt, für immer hierzubleiben. Nach geraumer Zeit hat er das Alleinsein satt und möchte eine Frau kennen lernen, am besten über ein Zeitungsinserat.
Er geht hin und sagt zum Redakteur: »Geh, heast, i hätt gern a Annoncn aufgebn zwecks aner Frau!«
Fragt der Redakteur: »Einspaltig oder zweispaltig?«
»Ja, da Waaansinn, da Waaansinn!«

Ein Kärntner, ein Steirer und ein Burgenländer stehen am Zoll. Zuerst wird der Kärntner kontrolliert. Der Kontrolleur findet sieben Unterhosen und fragt, wofür er denn sieben Unterhosen benötig. Meint dieser: »Für Mo, Di, Mi, Do, Fr, Sa und Sonntag.« »Mannomann, ganz schön sauber ihr Kärntner!« Beim Steirer findet der Kontrolleur neun Unterhosen, dieser doch sehr verwundert fragt ihn, wofür er denn neun Unterhosen braucht. Dieser erwidert: »Mo, Di, Mi, Do, Fr, Sa, So und zwei als Ersatz.« Der Kontrolleur: »Ihr Steirer seid ja unglaublich!« Kommt der Burgenländer dran und der hat zwölf Stück eingepackt. Der Beamte fragt den Burgenländer fast misstrauisch: »Wieso denn zwölf?« Sagt dieser: »Jänner, Februar, März, April, ...!«

Vorsorgeuntersuchung in der Steirischen Gebietskrankenkasse. Im Wartezimmer unterhalten sich die Patienten. »Mir hat der Doktor gesagt, ich hätte einen Tennisarm und muss aufhören mit dem Tennisspielen.« Der Nächste: »Mir hat er gesagt, mein Husten wäre ein Raucherhusten, ich sollte also das Rauchen aufgeben.« Da wird der dritte Patient blass, und sagt: »Da bin ich wohl noch schlechter dran. Was wird er erst bei mir sagen? Ich glaube ich habe Vogelgrippe?«

Ein stolzer Ehemann kauft als Überraschung für seine Frau ein Wasserbett und lässt es heimlich zu Hause aufstellen. Bevor seine Frau nach Hause kommt, hängt er noch ein Schild darüber: HIER ERWARTEN DICH DIE WOGEN DER EROTIK!
Vier Wochen später ändert die Ehefrau das Schild in:
TOTES MEER!

Ein junges Pärchen kommt aus dem Wald und hält ein Auto an. »Haben Sie zufällig etwas Benzin für uns«, fragt der junge Mann.
Verwundert starrt der Autofahrer ihn an: »Junge, was willst du mehr, erstens ist schönes Wetter, zweitens hast du ein nettes Mädchen, drittens Wald und viertens kein

Benzin – was verlangst du vom Schicksal denn noch mehr?«

Paul fragt seinen Freund Thomas: »Sag mal, wenn ich mit deiner Frau schlafe, sind wir dann verwandt?«
»Nein«, sagt Thomas, »dann sind wir quitt ...«

Wenn sich Frauen für Männer ausziehen, dann ist das erotisch und prickelnd. Wenn sich Männer für Frauen ausziehen ... ist vermutlich Waschtag.

Herbert hatte ein kleines Problem. Er wollte gerne mit seiner Freundin schlafen. Sein bestes Stück war aber leider 50 cm lang! Eines Tages ging er zum Arzt.
Arzt: »Tja, da kann ich Ihnen leider auch nicht helfen, aber es gibt da so einen Frosch in einem Wald. Wenn Sie den fragen, ob er Sie heiraten will, und er ›nein‹ sagt, wird Ihr Penis 10 cm kürzer.
Also ging Herbert in den Wald, traf dort den Frosch und fragte: »Willst du mich heiraten?«
Der Frosch antwortete mit Nein und schwupps war er 10 cm kürzer. Aber 40 cm waren seiner Freundin immer noch zu lang, also versuchte er es noch mal, und als der Frosch wieder nein sagte, waren es schwupps nur noch 30 cm.
Freundin: »Wenn du jetzt noch EINMAL hingehen würdest, wäre es perfekt.«
So ging Herbert noch ein letztes Mal in den Wald, suchte den Frosch auf und fragte: »Willst du mich heiraten?«
Darauf der Frosch verärgert: »Das habe ich dir doch schon so oft gesagt: NEIN, NEIN und nochmals NEIN ...«

Was ist Physik?
Zwei Leute suchen in einem stockdunklen Raum eine schwarze Katze.

Was ist Religion?
Zwei Leute suchen in einem stockdunklen Raum eine Katze, die gar nicht da ist.

Was ist Politik?
Zwei Leute suchen in einem stockdunklen Raum eine Katze, die gar nicht da ist. Beide behaupten: »Ich hab sie!«

Was ist der Unterschied zwischen einem Politiker und einem Telefonhörer?
Den Telefonhörer kann man aufhängen, wenn man sich verwählt hat ...

Klaus hat sich das Bein gebrochen. Als er nach ein paar Wochen wieder in die Schule kommt, fragt ihn der Lehrer: »Na, wie geht es dir denn?«
»Ich laufe besser als vorher«, sagt Klaus.
»Na, dann fehlt dir jetzt wohl noch eine anständige Gehirnerschütterung.«

Literatur

Rosegger, P.: Ernst und heiter – und so weiter; Staackmann; Leipzig; 1916

Eigl/Klesl (Hrsg.): Lachendes Österreich; Verlag Kremayr & Scheriau; Wien; 1978

Walcher, S.: Sprechen Sie Steirisch?; Verlag Carl Ueberreuter, Wien; 2003

Sonnleitner, J.: Lexikon der Mundart der Österreicher; Wien; 1811

Unger, Th.: Steirischer Wortschatz. Herausgg. von Khull, F.; Graz; 1903

Folgende Texte stammen aus der Feder von dem bekannten steirischen Heimatdichter Sepp Maier, Waldweg 9; 8132 Pernegg und werden hier erstmalig, mit freundlicher Genehmigung des Verfassers abgedruckt: Bauernregeln steirisch, Postlerregeln, Trinksprüche, Marterlsprüche steirisch, Gesundtrinken bei der Hochzeit, Sinnsprüche für's Leben, Gebet, Komplimente, A Gedicht!, Wos sauf ma?, Vertrauen, Vull's Vertrauen, Aus Vorsicht, Feindzalig, Niassn!, Deutschunterricht.